POÉSIES

PAR

ÉMILE DE FONTAUBERT

Membre de l'Académie des Poètes de Paris

L'IVRESSE   LA BIQUE ET LES BIQUETS

LE PEUPLE   NOTRE SOLEIL

LA GUERRE   L'ÉGLANTINE

ÉDITION POPULAIRE

PRIX : 10 CENTIMES

LIMOGES

Mme Ve H. DUCOURTIEUX, LIBRAIRE-ÉDITEUR

5, RUE DES ARÈNES, 5

1878

POÉSIES

PAR

ÉMILE DE FONTAUBERT

Membre de l'Académie des Poètes de Paris

<table>
<tr><td>L'IVRESSE</td><td>LA BIQUE ET LES BIQUETS</td></tr>
<tr><td>LE PEUPLE</td><td>NOTRE SOLEIL</td></tr>
<tr><td>LA GUERRE</td><td>L'ÉGLANTINE</td></tr>
</table>

ÉDITION POPULAIRE

PRIX : 10 CENTIMES

LIMOGES

Mme Ve H. DUCOURTIEUX, LIBRAIRE-ÉDITEUR

5, RUE DES ARÈNES, 5

1878

PROPRIÉTÉ DE L'AUTEUR

Autorisation de reproduction par les journaux et de déclamation de ces poésies sur les théâtres.

Emile de Fontaubert.

Mesdames et Messieurs,

J'ai l'honneur de soumettre à votre appréciation quelques-unes de mes poésies.

L'une d'elles, l'*Ivresse*, a été médaillée par la Société de tempérance contre l'abus des boissons alcooliques, dont le siége est à Paris.

Les autres ont reçu l'approbation du comité de l'Académie des Poètes de Paris, qui a bien voulu me féliciter sur l'élévation des idées qu'elles expriment, et sur la vigueur et la grâce du style.

L'*Ivresse* a paru aussi dans le bulletin numéro 3, année 1873, du journal français *la Tempérance*.

Comme les diverses sociétés de tempérance ont des relations entr'elles, je reçus de Belfast (Irlande), le 31 octobre 1873, un numéro du journal *The irish Temperance League*, contenant la traduction anglaise de « l'*Ivresse* », et une lettre de M. A.-H.-M.-M. Murtry, dont voici un extrait textuel :

« Je vous envoie avec cette lettre le journal de la *Ligue* » *néphalienne-irlandaise*, où l'on peut trouver une traduc- » tion en anglais de votre petit poème intitulé l'*Ivresse*, qui » est publié dans le *Bulletin de l'Association française contre* » *l'abus des boissons alcooliques*. C'est une pièce qui peut » faire une vive impression, et voilà la raison pour laquelle » je l'ai traduite pour publication dans notre journal. J'es- » père que vous pardonnerez la liberté que j'ai prendue et » je voudrais savoir que c'est que vous en pensez. Je désire » le succès de vos efforts et je prie que Dieu prospère votre » société. »

J'ai entretenu une correspondance avec M. Murtry, et le 22 décembre 1873 il m'écrivait :

« Je regrette que vous ne connaissiez pas la langue an-
» glaise, parce que je désirais savoir comment vous trou-
» vassiez ma traduction de l'*Ivresse*. J'ai le plaisir de vous
» faire savoir que dans ce pays-ci, l'on apprécie profondé-
» ment votre poésie. On l'a reproduite dans la *Temperance
» Record"*, organe de la ligue de tempérance nationale. Il
» n'y a que deux jours que je reçus une lettre d'un
» Monsieur demeurant à Londres, dans laquelle il deman-
» dait à moi la permission de comprendre ma traduction
» dans un livre qu'il va publier. Aussi en dit-il : « Je puis
» mentionner que j'ai récité cette pièce à plusieurs réunions
» et l'on a toujours donné une perception très-favorable. »

    » Vous sentirez certainement du plaisir en apprenant
» que votre plume a fait du bien, non-seulement à votre
» pays, mais encore au mien, et que les ivrognes seront
» probablement sauvés par les moyens de votre poésie. »

    J'ai voulu conserver le style et l'orthographe de M. Mur-
try, qui est un homme de cœur et de talent. Malgré quelques légères incorrections, bien des Français seraient heureux d'écrire comme lui.

    Puisque cette poésie a réussi en Angleterre et en Irlande,
pourquoi n'en serait-il pas de même en France, malgré le
proverbe : « Nul n'est prophète en son pays ».

    Je m'estimerai heureux si ce petit drame d'intérieur,
profondément vrai, peut corriger, ne fût-ce qu'un ivrogne.

Veuillez agréer,

Mesdames et Messieurs,

l'assurance de mon entier dévouement.

EMILE DE FONTAUBERT,

à Eymoutiers (Haute-Vienne).

Au Grand Maître de la Poésie

A VICTOR HUGO

L'IVRESSE

Ils étaient beaux tous deux, bien bâtis, vigoureux ,
Frères jumeaux s'aimant, vivant toujours ensemble,
De rudes travailleurs, enfin des gens heureux
Comme le sont tous ceux que l'amitié rassemble..
Le matin, ils partaient gaîment pour l'atelier ;
A coups précipités ils frappaient sur l'enclume.
Le fer incandescent soulevé du brasier,
Dans la forge qui luit, près du charbon qui fume.

Antoine et Paul, un jour durent se séparer.
Ils avaient vingt-cinq ans, et ce fut à cet âge
Qu'ils aimèrent tous deux et virent célébrer,
Presqu'au même moment, un double mariage.
Leur existence était de travail et d'amour.
Pour resserrer encor cette bien douce chaîne,
Ils eurent des enfants, et, pour eux, chaque jour,
S'écoulait calme et pur, sans souffrance et sans peine.

La semaine, on tordait, on martelait le fer ;
On avait bien gagné le repos du dimanche.
On quittait, ce jour-là, l'atelier de l'enfer,
Pour cueillir dans les bois violette et pervenche.
Quels cris retentissants ! Quels bons vifs et joyeux !
Les blonds enfants riaient, couraient par la prairie.
Les parents souriaient à leurs aimables jeux,
En se livrant entr'eux à douce causerie.

Hélas ! Pour amoindrir, pour tuer le bonheur,
Pour se perdre à jamais, il faut bien peu de chose ;
Les sentiments d'amour, de justice et d'honneur
Sont emportés souvent par bien futile cause.
Qui s'écarte un instant du sentier du devoir,
Est parfois entraîné dans une chute affreuse.
Arrive le moment où tout est désespoir.
De calme qu'elle était, l'existence est hideuse.

Paul allait, tout dispos, au travail, un matin.
Il cheminait gaîment, quand, au coin d'une rue,
Il trouve un camarade. « Ah ! je te tiens enfin »,
Dit celui-ci. « Mais non, je n'ai pas la berlue ;
« C'est bien toi, compagnon ! Ah ! quel heureux hasard !
» Je viens de rencontrer un vieil ami d'enfance !
» Faisons d'abord tous deux un tour de boulevard,
» Puis nous déjeunerons et nous ferons bombance. »

A son ancien ami Paul résiste au moment.
« Non », dit-il, « je ne puis, j'ai du travail qui presse. »
« — Allons donc, tu peux bien t'absenter un instant ;
» C'est aujourd'hui lundi. Bah ! pas tant de sagesse.
» Avec un vieux copain ne peut-on boire un coup ?
» Ce sera bientôt fait. Je te demande une heure ;
» Vraiment, je te le dis, je t'en voudrais beaucoup
» Si tu me refusais... Tu viendras ; que je meure ! »

L'ouvrier ébranlé lui dit : « Eh bien ! partons.
« Une heure... Tu le veux... soit... mais pas davantage.
» Nous sommes tous les deux de braves compagnons ;
» Buvons un ou deux coups et rentrons à l'ouvrage. »
Ils se serrent la main... On entre au cabaret;
On cause, on mange, on rit, on boit une bouteille,
Et puis deux et puis trois de petit vin clairet,
Et plus on boit, ma foi, plus la soif se réveille.

Ah ! pour le malheureux le premier pas est fait,
Et, quelques mois après il va jusqu'à l'orgie.
Il boit pour s'étourdir... le travail lui déplaît.
Et comment travailler ? Il n'a plus d'énergie.
Le vin ne suffit plus... Il faut une liqueur
Qui lui donne l'oubli, qui brûle sa poitrine ;
Il boit de l'eau-de-vie, en boit avec fureur,
Et, chez lui, chaque jour, l'ivresse s'enracine.

L'ouvrier travailleur est mort à tout jamais.
Il a perdu la force et n'a plus le courage.
Tout espoir de bonheur s'est enfui désormais ;
Il entre quelquefois dans des accès de rage.
« Ma femme, mes enfants !... que vont-ils devenir ?
» Ils ont froid... Ils ont faim... Et moi... moi !... je m'enivre.
» Misérable ! C'est moi qui devrais les nourrir !
» A la honte, au remords, comment puis-je survivre ?

Contre l'ivresse, en vain, l'ouvrier essayait
De lutter... La débauche enserrait sa victime.
Dans ses liens de fer elle le retenait.
Le vice pour toujours sur sa face s'imprime.
Il est vaincu, broyé !... Plus d'honneur !.. Plus d'amour !
Les membres agités et la tête en délire,
Dans l'orgie il se vautre encor plus chaque jour,
Ne s'inquiétant plus du dégoût qu'il inspire.

Antoine avait vécu dans la crainte de Dieu,
Plein de calme et de joie au sein de sa famille.
Pas de plaisirs grossiers dans ce chaste milieu.
Que lui faut-il de plus ? Les baisers de sa fille,
De son petit garçon, suffisent à son cœur.
Il passait ses loisirs auprès d'eux, de sa femme,
Revenait au travail avec nouvelle ardeur.
Dispos était le corps et sereine était l'âme.

Paul rentrait, une nuit, dans son triste taudis.
La femme et les enfants, sur une maigre couche,
Agitaient brusquement leurs corps endoloris.
Leurs membres tourmentés, le rictus de leur bouche.
Sur ce pauvre grabat, étaient affreux à voir.
Chacun d'eux, en dormant, exhalait une plainte.
On lisait sur leurs traits misère et désespoir ;
D'un malheur achevé ces fronts portaient l'empreinte.

« Allons ! qu'on se réveille et qu'on donne à manger.
» J'ai soif. De l'eau-de-vie... Il m'en faut... Je veux boire »,
Dit l'ivrogne en entrant. « Voyons, veux-tu bouger ?
» Lève-toi vivement ; allons donc ! Il faut croire
» Que quand je viens ici, l'on ne se gêne pas !
La femme se leva livide et décharnée,
Ayant sur tout le corps les signes du trépas,
Fixant d'un œil ardent cette face avinée.

« Regarde tes enfants... Ils ont faim eux aussi !
» Sans souper, hier au soir, les enfants et la mère
» Se sont couchés ; vois-tu ! que viens-tu faire ici ?
» Ils dormaient... Le sommeil est bon à la misère.
» Tu les as réveillés... Laisse-nous... Laisse-nous.
» Va-t-en, ne reviens plus, monstre de la nature.
» Va-t-en ! Mais va-t-en donc ! Nous te détestons tous ;
» Mieux vaut mourir cent fois que voir ta face impure ».

La colère l'emporte, et, de son poing fermé,
Il frappe à coups pressés sur la femme qui tombe,
Se relève aussitôt le visage enflammé.
On ne reconnaît plus la timide colombe.
Ses enfants ont eu faim ! la tigresse rugit.
Haletante, elle écume, elle mord furieuse.
Le sang coule... La mère apparaît et bondit ;
Et l'homme a le dessous dans cette lutte affreuse.

Chancelant, sous sa main il rencontre un marteau,
Le marteau du travail, hélas ! couvert de rouille !
Il ne se connaît plus... Il ressemble au taureau
Aveuglé de fureur et que la rage souille.
Il soulève et brandit le fatal instrument
Qui, plus prompt que l'éclair, retombe sur la tête
De la femme !!... Elle expire en un cri déchirant.
Le crime est consommé... Mais le remords s'apprête.

On vit, le lendemain, les deux pauvres petits
Pleurant agenouillés près du corps de leur mère,
Et plus bas, dans un coin, l'homme aux traits décrépits
A l'œil fixe et hagard : CET HOMME ÉTAIT LEUR PÈRE !!
Ses lèvres murmuraient, dans un suprême effort,
Ces mots qu'il redisait et redisait sans cesse :
« Ma femme... Mes enfants... L'eau de mort... L'eau de MORT. »
Il était fou... VOILA CE QUE PRODUIT L'IVRESSE.

Pour que les lecteurs qui connaissent la langue anglaise
puissent apprécier le talent de M. Murtry, je reproduis ci-
dessous la traduction de la dernière strophe de l'*Ivresse*.

Next day were found the two poor litlle ones
  Kneeling, in tears, beside their mother 's corpse ;
And in a corner lay, with features worn,
And fixed and haggard eye, their father low.
His lips were muttering, with departing strength,
 These words, repeated still unceasingly. :
« My wife !... My children ! cup of death ! of death ! »
He was insane ! — All this does drunkenness !!

LE PEUPLE

Que seriez-vous sans lui les heureux de la terre ?
Aimez et protégez ce peuple travailleur.
S'il a besoin de vous, soulagez sa misère ;
Par la reconnaissance il deviendra meilleur.
Le TOUT-PUISSANT pour vous a créé l'abondance ;
Ne la prodiguez pas en folle volupté.
Votre or sera béni... Relevez l'indigence ;
Ayez au fond du cœur ce mot : « FRATERNITÉ ».

Qui, depuis le matin, penché sur la charrue,
Pendant le jour entier, courbé sur le sillon,
Dans la plaine, en tous sens, si souvent parcourue,
Presse ses bœufs tardifs avec son aiguillon ?
Qui récolte en été le blé qui nous fait vivre
Et prodigue pour tous ses peines, ses sueurs,
Toujours calme et serein aux durs travaux se livre ?
C'est le PEUPLE DES CHAMPS, PEUPLE DES LABOUREURS.

Qui descend hardiment jusqu'au fond de l'abîme,
Affrontant le grisou, s'exposant à la mort
Qui, sous tous ses aspects, vient guetter sa victime ?
Eh bien ! c'est le MINEUR, l'ouvrier brave et fort.
Englouti chaque jour dans sa tombe vivante,
Il extrait le charbon qu'on trouve au fond du puits.
D'une lampe Davy la lumière tremblante,
Voilà pour le MINEUR le soleil de ses nuits.

Qui monte le vaisseau, lorsqu'il bondit, s'élance,
Pour échanger au loin tant de produits divers ?
Aux lieux déshérités qui porte l'abondance,
Sillonnant en tout temps les inconstantes mers ?
Ah ! c'est le PEUPLE encor, c'est le PEUPLE DE L'ONDE,
Peuple de travailleurs, de rudes matelots,
A travers les écueils, les pourvoyeurs du monde,
Se jouant et riant de la fureur des flots.

Qui construit le palais ainsi que la chaumière,
Prépare les tissus qui doivent nous vêtir ?
Qui pétrit les métaux, transforme la matière,
Aux besoins de chacun sait les assujettir ?
Qui produit le bijou qui reluit et scintille,
Que l'artiste, à son gré, sait si bien varier ?
Qui taille un diamant qui de mille feux brille ?
C'est le PEUPLE toujours, c'est le PEUPLE OUVRIER.

Qui, lorsque la PATRIE est faible et menacée,
Présente sa poitrine aux coups de l'étranger ?
Qui brave les saisons, sur la terre glacée,
Insoucieux se couche et meurt pour la venger ?
Que de nobles assauts pour ces fils de la France !
Nous sommes en péril... Ils volent aux combats,
Pour nous tous, de grand cœur, endurant la souffrance ;
Et c'est le PEUPLE encor, le PEUPLE DES SOLDATS.

Que seriez-vous sans lui, les heureux de la terre ?
Aimez et protégez ce Peuple travailleur.
S'il a besoin de vous, soulagez sa souffrance :
Par la reconnaissance il deviendra meilleur.
Le TOUT-PUISSANT pour vous a créé l'abondance ;
Ne la prodiguez pas en folle volupté.
Votre or sera béni... Relevez l'indigence ;
Ayez au fond du cœur ce mot « FRATERNITÉ ».

LA GUERRE IMPIE

Guerre, tu es sainte et sacrée quand il faut défendre la
patrie contre l'invasion de l'étranger.

Tu deviens impie et sacrilège, lorsque tu es provoquée
par les despotes pour la satisfaction de leurs caprices ou de
leurs ambitions.

Marches donc, vil troupeau !... les despotes sanglants
Vont se distraire un peu... Leur majesté s'ennuie,
Afin de réveiller ces sires somnolents,
Il faut du sang humain une abondante pluie.

« Généraux, colonels, formez vos bataillons ;
» Pour les électriser, promettez-leur la gloire.
» — A travers les guérets, à travers les sillons,
» Elancez-vous, soldats... Vous aurez la victoire.

Pour atteindre leur but, ils sont fourbes, menteurs.
Ils sentent s'écrouler leur pouvoir éphémère !
Comment le relever ? Ils exaltent les cœurs,
Préparent les esprits à la lutte, à la guerre.
Ah ! peuple, tu voudrais discuter, y voir clair ;
Tu voudrais calculer recettes et dépenses !
Mais leur gouvernement deviendrait un enfer !
Les despotes sauront brider tes exigences.

La guerre ! Il la leur faut... Que de mères en deuil
Pleurent sur leurs enfants que la Mort doit atteindre !
Tant de soins, tant d'amour !... Et pas même un cercueil
Pour le pauvre soldat... Oh ! ne pouvoir l'étreindre,
Dire à ce fils : « Adieu », dans un dernier baiser !
Et penser que peut-être il n'aura pas de tombe,
Que, pendant un jour, il peut agoniser.
Ce penser les déchire et sur leur cœur retombe.

Le sort en est jeté... Le canon gronde au loin,
Et le bronze vomit les boulets, la mitraille.
« Artilleurs... Feu partout ! Et que pas un recoin
» A fond ne soit fouillé.... Le gain de la bataille
» Dépend, songez-y bien, des coups que vous portez.
» Artilleurs... Bien pointé... Tirez !... Feu sur la masse.
» Du calme et du sang froid... lentement ajustez.
» Un régiment fauché !... Bien. . On n'en voit plus trace. »

« Vous voyez ces canons ?... Il les faut à tout prix ;
» En avant, Fantassins... Allons !... Au pas de course, »
S'écrie un général... Les canonniers surpris,
Emportés, culbutés, n'ont plus qu'une ressource :
Ou fuir, ou bravement mourir en combattant.
Presque tous sont percés de coups de baïonnette.
Le dernier lutte en vain... Il expire sanglant.
Les canons, des vainqueurs deviennent la conquête.

« Sonnez, clairons, sonnez... Et vous, battez tambours. »
Cavaliers, Fantassins, tout s'émeut, tout s'ébranle.
Ceux qui tombent, foulés, se tordent sans secours ;
Des combats, de la mort, vient de tinter le branle.
Oh ! quel choc effrayant !... Que de sang répandu !
Que de morts, de mourants, dans cet étroit espace !
Le lâche fuit en vain, haletant, éperdu ;
Au dos il est frappé... Le brave meurt en face.

La bataille est finie et le vainqueur altier,
D'un œil sec a fixé cette immense ruine.
Qu'il est grand, qu'il est beau, ce superbe guerrier,
Ce suppôt de la mort, du deuil, de la famine !
Prisonniers... Armes bas... Allez loin du pays.
Sous le fouet du vainqueur, marchez, bêtes de somme.
Il choisira pour vous les plus sombres taudis ;
Vous êtes les vaincus !... Lui... vainqueur il se nomme..

Les ténèbres se font... Les voici, les brigands,
Ignobles détrousseurs qui se glissent dans l'ombre.
Ils fouillent les habits, ces infâmes truands,
Ces aides de la mort, fantômes du champ sombre.
Et si quelque blessé leur demande merci,
Sa poitrine aussitôt par le fer est atteinte.
Par l'appât du butin leur cœur est endurci,
Et, dans des flots de sang, ils étouffent la plainte.

Quel vampire géant tournoie ainsi dans l'air,
S'agitant et poussant des cris de rauque joie ?
Quel cliquetis affreux ! Ses os n'ont pas de chair !
C'est la Mort qui, d'en haut, vient surveiller sa proie,
Elle plane un instant et se jette soudain
Sur les agonisants que son contact achève ;
Elle va se gorger... Quel sinistre festin !
Tant de morts entassés ! Oh ! n'est-ce pas un rêve ?

Tous morts ou prisonniers !... Quelles scènes d'horreur !
Les flammes, le viol, le meurtre, le pillage,
Des crimes raffinés, à soulever le cœur,
Voilà donc les hauts faits de ce vainqueur sauvage.
Défendre son pays est un crime à ses yeux.
Il faut que devant lui chacun courbe la tête.
Protéger ses foyers, n'est-ce pas odieux ?
Que tout homme de cœur pour le trépas s'apprête.

Les maisons sont en feu... Les champs sont dévastés !
Et pour les féconder on n'a plus de charrues,
De bœufs pour labourer. Dans les fers sont jetés
Tous les cultivateurs, vieux soldats ou recrues.
Mornes on voit errer, cheminer lentement,
Tout le long des sentiers, des enfants et des femmes,
Livides, décharnés !... Le découragement
Se lit sur tous leurs traits, a pénétré leurs âmes.

Despotes... Regardez... Etes-vous satisfaits ?
Savourez les douleurs de l'enfant, de la mère.
Qui pourrait dignement célébrer vos hauts faits ?
Vous traînez après vous : deuil, désespoir, misère.

Avez-vous oublié que vous êtes mortels,
Et qu'au-dessus de nous est un juge suprême ?
Puissiez-vous endurer des tourments éternels.
Monstres... soyez maudits... sur vous tous anathème.

LA BIQUE ET SES BIQUETS

1

La bique, à ses petits biquets,
Dit un jour : « Je vais à la foire ».
Tous deux étaient mignons, coquets,
De couleur blanche et couleur noire.
« N'oubliez pas, mes chers enfants,
» Qu'un méchant loup à l'entour rôde.
» Fermez-vous bien... soyez prudents ;
» Et gardez-vous de toute fraude.

2

» Le loup peut adoucir sa voix,
» Vous parler comme votre mère :
» Je sais que c'est un fin matois
» Et ce penser me désespère.
» Ecoutez bien, mes chers petits,
» Je vais vous dire un mot de passe,
» Pour vous garer des ennemis,
» C'est : « Foin du loup et de sa race. »

3

« Maman, ne te tourmente pas.
» Va ! nous avons bonne mémoire ;
» Nous n'ouvrirons le cadenas
» Qu'à bon escient, tu peux le croire.
» Le vilain loup, pour nous manger,
» Prendra, bien sûr, peine inutile.
» Sans soucis tu peux voyager ;
» Tu peux être calme et tranquille »,

4

La bique part... Messire loup
S'était blotti près de l'étable ;
Il avait préparé son coup
Depuis longtemps, le misérable.
Pan... pan... « Mes biquets, ouvrez-moi, »
» Foin du loup ! « Je suis votre bique. »
Comme il adoucissait sa voix !
Oh ! quelle ruse satanique !

5

L'un des biquets voulait ouvrir.
« Non, petit frère, lui dit l'autre.
» Nous pourrions tous deux en pâtir ;
» Sachons quel est ce bon apôtre.
Avançant son joli museau,
Tout doucement biquet se penche.
« Je ne suis pas un pigeonneau ;
» Montrez, s'il vous plaît, patte blanche ».

6

Alors, l'animal en fureur
Prend sa voix la plus redoutable.
« Brigands, vous avez du bonheur.
» Maudit biquet, race du Diable,
» Je te promets de te croquer
» Avant longtemps, sur ma parole.
» Ah ? de moi tu veux te moquer !
» Tu danseras la carmagnole ».

7

Quand la bique revint le soir,
Ses biquets étaient tout en larmes.
La pauvre mère, au désespoir,
Cherchait à calmer leurs alarmes.
Chacun des biquets raconta
Du loup la terrible histoire.
Leur mère les félicita,
Les embrassa, vous pouvez croire.

8

MORALITÉ.

Enfants, réfléchissez-y bien,
Vous rencontrerez dans la vie
Beaucoup de loups au doux maintien,
Mais remplis de haine et d'envie.
Soyez toujours sages, prudents ;
Souvent douce voix est traîtresse.
De ces loups pour braver les dents,
Imitez du biquet l'adresse.

NOTRE SOLEIL

O source de chaleur, d'amour et de lumière,
O soleil éclatant, la majesté des cieux,
Toi qui sembles formé d'esprit et de matière,
Dont les rayons de feu pénètrent en tous lieux,
Toi, l'œil du TOU r-PUISSANT qui nous donne la vie,
Toi sans qui tout serait et morne et languissant ;
Toi qui parles si bien à notre âme ravie,
Salut... salut à toi, soleil éblouissant !

Quand tu vas scintiller sur un autre hémisphère,
Alors nous devenons l'image de la mort :
Tout est sombre et muet sur notre triste terre ;
La vie est suspendue et chaque être s'endort ;
Si nous nous réveillons au milieu des ténèbres,
Nous sentons comme un poids accabler notre cœur ;
Nous sommes enlacés par des voiles funèbres
Dans un état souffrant, voisin de la stupeur.

Mais quand tu reparais, ô bel astre de flamme,
Tout s'anime et revit sous ton ardent baiser !
Le monde émerveillé se réveille et t'acclame ;
Les terreurs de la nuit, tu viens les apaiser.
L'oiseau vif et coquet chante sous le feuillage ;
La fleur s'entr'ouvre et brille et scintille avec toi ;
La vague doucement murmure sur la plage ;
La mer a tressailli... Majestueux émoi !

Salut à ton retour ! Tu nous fais tous renaître :
Les grands bœufs dans les champs vont creuser les sillons ;
Soleil, tu nous reviens, tu ne fais qu'apparaître,
Et tout chante et tout rit, insectes, papillons,
Grands arbres balancés par une douce brise,
Animaux te fêtant au plus profond des bois ;
De mouvement, d'amour, tout être rivalise ;
C'est par toi qu'on entend ces mille et mille voix.

Depuis combien de temps luis-tu sur tous les mondes
Et les vois-tu rouler en l'immense univers,
Emportés, mais soumis dans leurs courses profondes,
Traçant autour de toi leurs mouvements divers ?
Comment conserves-tu cette chaleur intense
Qui rayonne toujours et ne se perd jamais ?
Soleils, corps infinis, qui pourrait, sans démence,
Dire : c'est le hasard tout seul qui vous a faits.

A combien de degrés tu produis l'existence.
Dans tous les éléments, grand vivificateur !
D'êtres petits ou grands quelle énorme affluence
S'agite et vit par toi, soleil générateur !
Qui pourrait vous sonder secrets de la nature ?
Vous échappez à l'homme, à ses sens limités ;
Les mystères profonds de chaque créature
Restent muets pour nous, pauvres déshérités.

Si, pendant quelque temps, a rampé la chenille,
Plus tard elle devient papillon éclatant.
Voyez-le voltiger... comme une fleur il brille,
Bercé par le zéphir, toujours en mouvement.
Il était autrefois disgracieux insecte,
Inspirant le dégoût, tout gluant et hideux :
Il s'est renouvelé, n'a plus sa forme abjecte ;
C'est une fleur de l'air... Il vole, il est heureux !

Eh ! ne sommes-nous pas comme des chrysalides
Dans ce monde restreint, mais rempli de douleurs ?
Ne sommes-nous pas tous d'un pur bonheur avides,
Pour n'éprouver toujours que tristesse et malheurs ?
Je le crois fermement... dans sa bonté suprême,
Dieu réserve aux humains un meilleur avenir ;
Il connaît nos besoins, il nous voit, il nous aime ;
Les moments seront courts où nous devons souffrir.

Qui sait à quel instant l'homme a commencé d'être,
Combien de changements en lui se sont produits ?
Pendant l'éternité l'homme a vécu peut-être,
Oubliant les moments pour lui perdus, enfuis,
Lorsqu'après une mort, une phase nouvelle
Le transforme et grandit... Pourquoi donc s'effrayer ?
Le corps meurt... oui... mais l'âme, immuable étincelle,
En un monde meilleur ira se déployer.

Bien infime d'abord, l'être a grandi sans doute,
Dans tous ces changements, réincarnations.
Il nous faut donc bénir cette mort qu'on redoute,
De l'âme en d'autres corps les transmutations.
Soleil, peut-être, un jour, dans tes flammes liquides
Nous pourrons nous bercer, voyant l'immensité,
Nageant dans ta lumière et tes plaines limpides,
Et rapprochés de Dieu pendant l'éternité.

Des milliers de soleils rayonnent dans l'espace,
Entraînant autour d'eux des mondes inconnus.
Rien qu'à les deviner l'humanité se lasse ;
Devant cet infini nous restons éperdus.

Seigneur, Dieu de bonté, d'amour et de science,
Dans ton œuvre, ô mon Dieu, que nous sommes petits !
Mais nous saurons un jour comprendre ton essence,
Au plus pur de l'Ether, devenus des esprits.

DÉLIVRANCE

Des hommes-loups-chacals, âpres à la curée,
Sur la France acharnés, voulaient la déchirer.
Ils la tenaient déjà, pantelante, écœurée.
Et, frémissants de joie, allaient la dévorer.
Elle sentait monter leur haleine fétide.
Les infâmes, déjà, sur ses flancs haletants,
En hurlant, se ruaient. Leur étreinte homicide
Se tordait, se nouait sur ses membres saignants.

Que tu devais souffrir, ô France bien aimée !
Que d'angoisses pour toi dans ce contact impur !
Toi géante, sentir sur ton corps, imprimée
La griffe de ces nains !... N'est-ce pas ? c'était dur.
Oh ! Comme ils jouissaient de toutes tes souffrances,
Ces monstres te guettant à ton dernier soupir !
Sur ta mort ils fondaient d'infâmes espérances ;
Avant de t'achever, ils voulaient t'avilir.

Ils allaient t'étouffer, lorsque, d'un coup d'épaule,
Culbutant ces pygmées, tu les renversas tous.
Tu n'est pas morte encor, n'est-ce pas, vieille Gaule ?
Il faut que ces gens-là t'implorent à genoux ;
Tu diras quelle peine a mérité leur crime,
Et sous ton jugement, écrasés, éperdus,
Sentant que sur leurs pas ils ont creusé l'abîme,
Dans la honte, à jamais ils seront étendus.

Faut-il les nommer ?... Non... Ils saliraient ma plume ;
Mais l'histoire déjà les cloue au pilori.
Pour compter leurs forfaits, il faudrait un volume ;
Le passé, l'avenir, tout pour eux est flétri.
Ils ont voulu tuer, déshonorer leur mère !
Que pour toujours maudits par les hommes de cœur,
Du fer rouge marqués, rentrant dans leur tanière.
Ils meurent, écumant de honte et de fureur.

Limoges. — Imp. Vᵉ H. Ducourtieux, rue des Arènes, 3.

www.ingramcontent.com/pod-product-compliance
Lightning Source LLC
Chambersburg PA
CBHW061435170626
46811CB00005B/2281